TABLETTES
DE SAINT HUBERT,

SES COMMANDEMENTS,

SES APHORISMES,

TRADUITS PAR DEYEUX.

PARIS.

AUBERT ET CIE, ÉDITEURS,

PLACE DE LA BOURSE, 29,

tous les Armuriers et Marchands d'Objets de Chasse.

1841.

TABLETTES

DE SAINT-HUBERT,

SES COMMANDEMENTS,

SES APHORISMES,

TRADUITS PAR DEYEUX.

PARIS.

AUBERT ET CIE, ÉDITEURS,

PLACE DE LA BOURSE, 1.

———

1841.

IMPRIMÉ PAR BÉTHUNE ET PLON, A PARIS.

A

MON EXCELLENT AMI

LE DOCTEUR COLSON,

MÉDECIN EN CHEF DES HOSPICES DE BEAUVAIS.

Prosternez-vous, mortels! abjurez tous l'espoir
De surpasser Colson, qui le premier sur terre
S'écria d'une voix qui fit peur au tonnerre :
Je tire un lapin gris! je tue un lapin noir!!!!!!!!

(HISTORIQUE.)

L'an 1822 après Jésus-Christ.

TABLETTES

DE SAINT-HUBERT.

1.

Un fusil trop chargé ne lance que du feu,
Mais tu ne tueras pas si tu charges trop peu.

2.

Chacun des deux canons au moins tu laveras
Après vingt et un coups, ou t'en repentiras.

3.

Peu de poudre en septembre, en octobre beaucoup,
L'ennemi cuirassé demande un autre coup.

4.

Beaucoup de plomb garnit, mais pique faiblement ;
Mets-en la moitié moins, voilà mon sentiment.

5.

Trente grains de gros plomb, cent dix degrés de poudre
Ont à quatre-vingts pas la vertu de la foudre.

6.

Qui frappe avec sa crosse un ennemi par terre,
Honteux verra son bois se briser comme un verre.

7.

Si ton plomb est petit, mets-en le quart d'un coup,
Les grains ont plus de force et sont encor beaucoup.

8.

Pour tirer le gibier sans désappointement,
Mets sept fois dix de poudre et de *six* double cent.

9.

Tire sur la perdrix qui fuit directement,
Le dessus de son dos, c'est trop bas autrement.

10.

Perdrix passe en travers? tire un pouce devant,
Ou tu la manqueras quatre-vingts fois sur cent.

11.

Si la perdrix décrit ligne oblique en montant,
Il faut viser dessous pour arriver devant.

12.

Perdrix file rez-terre, il faut absolument
Tenir le coup très-haut, surtout s'il fait du vent.

13.

Un lièvre vient sur toi? mais tu le tireras
Un demi-pied devant, ou tu le manqueras.

14.

Lièvre fuit devant toi, toujours le tireras
Au-dessus de l'oreille, et le ramasseras.

15.

Quand un lièvre lancé de près traversera,
Un pouce par devant le tireur visera.

16.

Si le lièvre traverse à cinquante et cinq pas,
De quatre pouces pleins tu le devanceras.

17.

Dans les conditions d'un grand éloignement
Tirez haut, tirez vite, et tirez en devant.

18.

S'il tire un lièvre au gîte, un meurtrier devra
Ne viser que la tête, ou le lièvre fuira.

19.

Lorsqu'on manque la caille, au-dessous d'elle on tire ;
Il faut couvrir la pièce avec le point de mire.

20.

Toujours le faisan monte, on le tire trop bas ;
Il faut hausser le mire, et même à vingt-cinq pas.

21.

Un seul mot pour le poil : heureux qui s'en souvient,
Tirez haut ce qui fuit, tirez bas ce qui vient.

22.

Le temps fuit, cependant que l'homme est incertain,
Pour combattre le doute il faut lever la main.

23.

La bête fuit dans l'herbe ? on n'y voit pas ? il faut
Vaincre l'incertitude et tirer haut, très-haut !

24.

Pour tuer le poisson, ne cherche pas le centre,
Et tire hardiment le dessous de son ventre.

25.

Pointe la bécassine aussitôt son départ,
Suis-la dans son zig-zag, et tire un peu plus tard.

26.

Si tu ne peux tuer, ne te mords pas les mains,
Mais retranche du plomb un grand nombre de grains.

27.

Qui lance un coup trop lourd sur un oiseau rapide
Frappe toujours en plein où l'oiseau laisse un vide.

28.

Ne sois jamais trop lent, ni trop précipité,
L'exécution ferme est dans la vérité.

29.

Trop tôt? presque jamais le coup ne porte bien.
Trop tard? donnât-il juste, il ne trouve plus rien :

30.

Ne sois pas orgueilleux, si le sort t'a fait roi ;
Le plus maigre sujet, demain, ce sera toi.

31.

On gagne cent pour cent dans des vêtements vastes,
Et tout chasseur busqué compte des jours néfastes.

32.

Nul fardeau n'est trop lourd pour ton ambition,
Mais un seul excepté : ta réputation.

33.

Si jamais dans ton cœur entre la jalousie,
Adieu tout le bonheur dont ton âme est saisie.

34.

Jamais un bon tireur ne dispute une pièce,
C'est au riche toujours que le pauvre s'adresse.

35.

Tu rentres fatigué, demi-mort, j'en conviens,
Mais avant de t'asseoir donne à boire à tes chiens.

36.

Primò, la bonne humeur, secundò, le bon vent,
Deux importantes lois qu'on méprise souvent.

37.

La fortune jamais dans les champs ne seconde
Le naturel fâcheux qui murmure et qui gronde.

38.

Ne te moque jamais d'un chasseur maladroit,
Enseigne-lui plutôt à faire ce qu'il doit.

39.

Si septembre est brûlant, que le chasseur soit sobre.
Remets tes voluptés aux premiers jours d'octobre.

40.

Le canon de fer aigre, oh! nourri, oh! mais fort,
Est le meilleur de tous; qui le méprise a tort.

41.

Évite le trop gros, le trop petit calibre,
L'un tonne et l'autre crache; il est un équilibre.

42.

Le canon ne doit pas être en dedans poli,
Apre, il est plus mordant; que sert qu'il soit joli?

43.

On n'essaye jamais une arme au long du mur,
Par les champs, par les vents, l'expériment est sûr.

44.

Dans sa course ou son vol tout animal s'enlève,
Il faut un tant soit peu que le canon relève.

45.

Crois l'avis précédent d'autant plus précieux
Qu'on découvre toujours dans le but d'y voir mieux.

46.

Un habile tireur fait la hausse ou la baisse
Par le plomb qu'il retranche ou par le plomb qu'il laisse.

47.

D'une poudre trop forte, il ne faut que moitié,
Ou le bruit est très-beau, mais le coup fait pitié.

48.

Qu'à l'oreille ton plomb très-distinctement sonne
En plaque avant le bruit du canon qui résonne.

49.

Sans l'atroce douleur qui vient cinq ans après,
Je ne voudrais chanter que la chasse au marais.

50.

Sur l'eau, plus que jamais, haussez le point de mire.
Le plomb baisse sur l'eau, cet élément l'attire.

51.

Sur le caillou méplat qui brille au bord de l'eau
Le plomb presque mourant prend un essor nouveau

52.

En tous lieux, comme Argus, incessamment regarde,
Car tu seras surpris, si tu n'y prends bien garde.

53.

L'âge donne aux canons un pouvoir mortifer
Un long service ajoute aux qualités du fer.

54.

Il en est d'un fusil tout comme de son maître,
Plus il va mieux il vaut, tout le temps qu'il doit être.

55.

Sois penché sur ton arme alors que tu fais feu,
Ou l'aplomb de ton corps est assuré trop peu.

56.

Que le poids d'un fusil ne soit pas sur le mire,
Ou le coup plongera sous ce poids qui le tire.

57.

Si tu tires en l'air, écarte un peu les piés,
Tu n'as qu'un point d'appui, si tu les tiens liés.

58.

S'il faut jeter le coup, n'hésite pas, de grâce,
On ne peut marier le doute avec l'audace.

59.

Si vers la fin du jour on n'y voit presque pas,
Tire toujours trop haut, l'ombre indique trop bas,

60.

Sur le sol qui descend tiens le corps en arrière ;
Quand on grimpe la côte, on fait tout le contraire.

61.

Tu penches à mi-côte, et dans ce cas il faut
Roidir l'aplomb du corps sur le pied le plus haut.

62.

Ne livre jamais rien au destin qui te joue,
Il faut fixer ta pièce avant de mettre en joue.

63.

Dans la direction d'une poitrine humaine,
Pas même à trois cents pas, ne tire dans la plaine.

64.

Surtout de la prudence aux alentours des bois,
Quelqu'un est près de l'arbre, ou derrière la croix.

65.

Qui viole le droit se croit un homme habile,
Et jamais l'offenseur ne fut qu'un imbécile.

66.

Ne va pas lâchement fouler le bien d'autrui,
S'il a souffert de toi, tu souffriras de lui.

67.

Si le chien hydrophobe arrive le front bas,
Il faut porter la mort; ne tire qu'à trois pas.

68.

Ne t'expose jamais, fût sa mort presque sûre,
A toucher un renard, terrible est la morsure.

69.

Artaban dans son tort t'accable de ses cris,
Oppose à sa colère un superbe mépris.

70.

Qui ne sait éviter la dispute en tout point
Accorde une importance aux gens qui n'en ont point.

71.

Salue et poliment messiers, gardes, gendarmes,
Rends-leur beaucoup d'égards, ne rends jamais les armes !

72.

Plus de chasse à tes yeux, quand un homme est blessé,
Cours, qu'il soit recueilli dans tes bras empressés.

73.

Honte à toi si tu fuis dans cet affreux malheur.
Qui donc prend du plaisir auprès de la douleur ?

74.

En dépit des méfaits dont l'envieux l'accuse,
Nul n'est plus généreux que l'homme qui s'amuse.

75.

Celui qui vend son temps n'en peut détourner rien.
C'est l'homme qui jouit qui doit faire le bien.

76.

Pardonne l'anathême aux gens laborieux,
Ils souffrent quand tu viens t'amuser devant eux.

77.

Chasse pendant qu'il pleut, si tu peux t'y résoudre,
Mais charge dans ce cas moins de plomb que de poudre.

78.

Charge plus, charge moins, mais fais toujours la part
De l'ombre, de la pluie, ou de l'épais brouillard.

79.

Si tu blesses toujours, tu connais le remède :
Ote dix grains de plomb, et tu vas tuer raide.

80.

Pour doubler coup manqué sans aucun doute il faut
Pour la seconde fois viser l'objet plus haut.

81.

Sur vingt-cinq coups manqués à fort bonne distance
Vingt-cinq sont en arrière, aucun n'a pris l'avance.

82.

Je dis et je redis, revenant sur mes pas,
Presque toujours on tire ou derrière ou trop bas.

83.

Pour bien faire un croisé, que la pièce avancée
Soit, sans égard à l'autre, uniquement visée.

84.

De la droite à la gauche, ou l'inverse, ou tout droit
Le coup double dépend du calme et du sang-froid.

85.

Quant au coup dit *du roi*, qu'on tire sur sa tête,
Qui vise avant le bec, frappe au cœur de la bête.

86.

Au-dessus des décrets de l'éducation
Il est un don du ciel, c'est l'inspiration.

87.

L'étude aura toujours, comme elle a, son mérite,
On n'est pas inspiré quatre-vingts fois de suite.

88.

Le chasseur inspiré tire bien, mais de près,
Son talisman meurt là, tout est mécompte après.

89.

Le mal veut que souvent, avant d'entrer en lice,
Le choix de ton fusil appartienne au caprice.

90.

Pour choisir un fusil, si tu n'es pas un fou,
Consulte la longueur de tes bras, de ton cou.

91.

L'expérience dit que la chose est mieux faite,
Lorsque le feu se trouve éloigné de la tête.

92.

La culasse qui tient un coup de poudre entier,
Est, et l'on n'en sait rien, d'un effet meurtrier.

93.

De deux balles sur vingt, le canon qu'on étrangle
Lance un coup plus mordant qui ramasse et qui sangle.

94.

Les canonniers font bien, mais veux-tu faire mieux,
Prends pour tes canons neufs du fer de canons vieux.

95.

Un canon de vieux fer forgé deux ou trois fois
A tout pour lui, hormis la routine et ses lois.

96.

Ainsi de l'air au feu, du repos au combat,
Autant que dans le Styx on trompe un bon soldat.

97.

Puis, ce canon sorti des laves de la houille,
Je le voudrais encor baptisé par la rouille.

98.

D'un feu qui détruit tout, à jamais révolté,
Je voudrais enflammer toujours sur le côté.

99.

Conservateur jaloux d'une bonne matière,
Je ne veux pas d'un feu qui brûle le tonnerre.

100.

Ce canon? sur lequel j'appelle le contrôle,
Tout chasseur sera fier de l'avoir à l'épaule.

101.

Un canon précieux est l'âme de la chasse.
Prévois tout accident qui de loin le menace.

102.

Quant au chasseur brutal, aux cheveux hérissés,
Le diable le condamne à des travaux forcés.

103.

Bénis le sort, bénis ses caprices nombreux,
La peine du plaisir fait le droit d'être heureux.

104.

Un amant de la chasse, épris de sa maîtresse,
Compose le bonheur de fatigue et d'ivresse.

105.

Ta poudre enfermeras dans un bocal de verre
Et non dans un métal dont l'oxyde l'altère.

106.

Dans un flacon très-sec tiens ta poudre endormie,
Qu'il soit bouché, bouché, comme l'académie !

107.

Le ressort de ta poire a-t-il cessé de battre?
Prends garde! au lieu d'un coup tu peux en verser quatre.

108.

Je dis au grand-veneur, qui tire grande bête :
Tu ne dois ajuster que l'épaule ou la tête.

109.

Charger par la culasse est ici ton métier,
Et, ton feu toujours prêt, fais tête au sanglier.

110.

Honneur donc au système! encor bien que j'admette
L'admirable vertu de ma simple baguette.

111.

L'homme sombre qu'abîme un chagrin oppresseur
Pour guérir tous ses maux doit se faire chasseur.

112.

Victimes du destin, d'un traître ou d'une femme!
La fatigue du corps est un bienfait pour l'âme.

113.

La nature console avec ses vérités
Tous les regards flétris par tant de vanités.

114.

L'écho des champs répète à tout homme de bien ,
Qu'il devient quelque chose alors qu'il n'est plus rien.

115.

Tout est vrai dans les champs, tout est faux dans la ville,
Où l'orgueil flétrit l'air de son souffle imbécile.

116.

La ville est un pays de singes entassés
Par l'orgueil et l'amour endormis ou blessés.

117.

Amoureux sans amour, ces ennemis sans haine
De leur double malheur sont guéris dans la plaine.

118

Les marquis, les docteurs et tous les élégants ,
Quand ils sont fatigués sont bien moins fatigants.

119.

C'est la première fois que ces nobles héros
N'ont point le vent au nez quand ils l'ont dans le dos.

120.

En plaine aucun flatteur n'ose comme à Lutèce
Complimenter les gens touchant leur maladresse.

121.

La chasse dans les champs prêche l'égalité,
Telle est, et j'en conviens, sa criminalité.

122.

La chasse est tout à fait l'image de notre âge
Où tous les orgueilleux ne font que du tapage.

123.

Avec acharnement si je poursuis l'orgueil
C'est qu'il ouvre les yeux quand il doit fermer l'œil.

124.

N'attachez aucun prix à la science infuse,
Qui ne pourrait pas dire en chassant : Je m'amuse.

125.

Celui qui les connaît guérit tous ses défauts ;
On corrige aisément même l'œil le plus faux.

126.

Rends-toi compte, en tirant au milieu d'une carte,
Du côté vers lequel ton coup de plomb s'écarte.

127.

Ton penchant bien connu, tu le corrigeras,
Sur la droite ou la gauche alors tu tireras.

128.

Si tu tires trop haut, en plomb tu chargeras,
Si tu tires trop bas, moins de plomb tu mettras.

129.

Dans ce noble exercice un avantage extrême
Permet que ton défaut soit constamment le même.

130.

En prenant le chemin qui mène aux certitudes
L'aspirant dans trois jours a fini ses études.

131.

Je suis bien dans mon siècle et dans la vérité,
Car tout borgne est chez nous une capacité.

132.

Voyez l'homme qui boite, oui son cas est le vôtre,
C'est d'un côté qu'il tombe, il se penche de l'autre.

133.

Le défaut d'aujourd'hui ne sera plus demain,
On ne va nulle part sans savoir le chemin.

134.

Prends toujours pour laver une baguette en bois ;
En fer, de tes canons elle use les parois.

135.

Qui veut de ses canons connaître la puissance
Doit degrés par degrés tâter l'expérience.

136.

Mets de poudre quarante et du plomb plein ta main,
Interroge le coup sur la force du grain.

137.

Ote du plomb : encor, mais ce n'est plus la peine
Si tes grains sont entrés dedans le bois du chêne.

138.

A trente pas c'est peu de percer le sapin,
Ce n'est pas assez fort pour perdrix et lapin.

139.

Il te faut maintenant étudier ta chance ,
A cinquante-cinq pas c'est fort bonne distance.

140.

On agit dans ce but prenant alors deux soins :
Un grain de poudre en plus, un grain de plomb en moins.

141.

Après un résultat constant et manifeste
Le numéro du plomb se chargera du reste.

142.

Mais comparez toujours, sans jamais l'oublier,
Le fer inoffensif et le fer meurtrier.

143.

Stupete! même charge à cinquante-cinq pas
Dans l'un ou l'autre fer perce ou ne perce pas.

144.

La science se trompe et l'art a souvent tort,
Un canon meurtrier est un enfant du sort !

145.

Chasseur, si tu ne veux perdre ta renommée
Ne risque pas tes coups à travers la fumée.

146.

Visez, tirez, chargez, et ne laissez jamais
Pénétrer dans le tube un air humide et frais.

147.

Qu'une éprouvette sûre en province on t'envoie,
Il faut toujours savoir quelle force on emploie.

148.

Charge différemment et l'un et l'autre coup,
Tu peux chercher un lièvre et rencontrer un loup.

149.

D'un coup ferme et complet ne prends aucune alarme,
Le recul est de droit, il faut sentir son arme.

150.

La bourre sur la poudre est d'un effet puissant :
Faible pousse un plomb mou, forte un plomb meurtrissant.

151.

Si la marche pénible endolore ta peau,
Tu verseras de l'huile et tu boiras de l'eau.

152.

Ne crois pas trop aux chiens dont on vante la race,
Que le chien de berger soit dressé pour la chasse.

153.

Mets au chien fatigué du suif dessous la patte,
Du tabac où se mord, du chlorure où se gratte.

154.

Un chien brutalisé ne fera jamais rien,
La bonté du chasseur fait la bonté du chien.

155.

Tous les torts sont à l'homme, on a vu très-souvent
Un chien mauvais pour tel et pour tel excellent.

156.

Ton chien tout près de toi ! c'est déjà trop peut-être
S'il est à vingt-cinq pas éloigné de son maître.

157.

Alors qu'un très-bon chien se refuse à chasser,
Ne le bats pas, il souffre, il faut le caresser.

158.

Le griffon vigoureux au marais, à la plaine,
Est le meilleur des chiens, mais sa fougue l'entraîne.

159.

L'épagneul élégant au poil doux et soyeux ,
Dans le cours de sa vie a souvent mal aux yeux.

160.

Le chien braque, inquiet et toujours pétulant,
N'est bon que fatigué parce qu'il devient lent.

161

Le chien de race pure est de trompeuse amorce ,
Il est fier et boudeur, puis il manque de force ,

162.

Quand il aura reçu bonne éducation
Le chien bâtard vaudra tous les chiens d'Albion.

163.

ut l'esprit puritain me venir chercher noise ,
La nature bénit tout ce que l'amour croise.

164.

De deux bons naturels je ne croirai jamais,
Que l'éducation en compose un mauvais.

165.

Je crois bien qu'un cheval peut transmettre sa race,
Mais sa vitesse est tout, non pour le chien de chasse.

166.

Avec un chien *très-long* qui quête à trois cents pas,
Quand le gibier tient peu vous ne tirerez pas.

167.

Avec un chien *très-court* qui quête sur la place,
Plus ou moins, mais toujours on fera bonne chasse.

168.

Le chien cavalcadour est des plus élégants,
Mais c'est pour apporter une paire de gants.

169.

Évitez près d'un bois que votre chien de plaine,
Oubliant son mandat, ne coure à perdre haleine.

170.

Il en est cependant dont l'éducation
Prépara le cumul pour cette occasion.

171.

Ne marchande jamais et paye un chien deux fois
S'il est bon pour les champs, le marais et le bois.

172.

Jamais aux animaux ne feras d'injustices,
Ou bien leurs qualités se changeront en vices.

173.

Ah ! la moitié du temps soyons de bonne foi,
Qui frappe sur son chien devrait frapper sur soi.

174.

Des chaleurs de l'été lorsque tu te défies,
Envoye ton gibier enveloppé d'orties.

175.

Le gibier avancé n'arrive pas moins bon
Lorsqu'il est avec soin saupoudré de charbon.

176.

Ne te vante jamais, ami, retiens-le bien,
Ce qu'on dit de soi-même un autre n'en croit rien.

177.

Quelque soit ta fatigue, au dîner de la chasse
Tu n'oubliras jamais que la gaîté délasse.

178.

Qu'un voisin malheureux, morose et mécontent,
En se frottant à toi ne le soit plus autant.

179.

laignez un malheureux qui fatigué le soir
'éporte son carnier pour porter l'habit noir.

180.

'ai comparé parfois la fatigue et l'ennui,
)e cent kilos elle est moins pesante que lui.

181.

i d'un dîner guindé le destin te menace,
'âche de manquer l'heure et de perdre ta place.

182.

e plus grand favori que le destin préfère
Rencontre un bon dîner près d'un bon caractère.

183.

Non, dès qu'elle peut mettre un coude sur la table
)n ne sait pas combien la fatigue est aimable !

184.

Le soir tu laveras ton fusil (*de ta main*),
Point de fête, dit-on, qui n'ait son lendemain.

185.

Ne va pas dès le jour courir à l'aventure
Et te baigner les pieds à travers la verdure.

186.

Les chiens n'ont point de nez quand ils chassent dans l'ea
Ils font chez les voisins envoler le perdreau.

187.

Laisse patiemment sécher l'herbe qui pleure,
Et tu ne partiras qu'après la huitième heure.

188.

Si l'hiver en battue on emmène son chien
On est à peu près sûr que l'on ne tuera rien.

189.

En toute occasion ne te place jamais
u'à droite du tireur même que tu connais.

190.

Et fût un inconnu le plus prudent apôtre
Ne l'approche jamais d'un côté ni de l'autre.

191.

Fuis loin du délinquant qui n'est pas alarmé
Pendant qu'il charge un coup de laisser l'autre armé.

192.

Tout habile qu'il est ce monsieur m'inquiète
S'il tient toujours le doit posé sur sa gachette.

193.

Il est très-mal séant et peut-être malsain
De tourner le canon pardevant son prochain.

194.

Ton fusil sous ton bras bien placé d'ordinaire
Pourrait être en montant bouché par de la terre.

195.

Sur la charge d'un coup si l'esprit incertain
S'interroge, halte-là! débourre-le soudain.

196.

Des chasseurs imprudents vont tirer devant vous?
Il faut tourner le dos et vous mettre à genoux.

197.

Il faut chasser tout seul ou ne chasser que deux ;
Encor sur notre ami faut-il avoir les yeux.

198.

Lorsque pour sa santé tel s'exerce à la chasse,
Prenez garde à la vôtre et cédez-lui la place.

199.

Lorsqu'un fameux tireur subit des accidents,
Gouvez-vous! l'amour-propre est des plus imprudents.

200.

Pour la première fois, j'en suis fier quand j'y songe,
Ai fait quatre cents vers sans y mettre un mensonge.

CANTIQUE

DE SAINT-HUBERT.

AIR : *Charmante Gabrielle.*

1.

O mon Dieu que j'adore
Dans le fond de mon cœur,
Permets que dès l'aurore
S'élance mon bonheur !
Donne-moi pour fortune
Et pour flambeau
Du soleil, de la lune,
Du pain, de l'eau !

2.

Des grandeurs de ce monde
Je ne suis pas jaloux ;
Des prés, des bois, de l'onde
Les parfums sont plus doux.
Accorde, Dieu suprême,
  Au noble orgueil
Du serviteur qui t'aime
  Bon pied, bon œil !

3.

Pardon, grand Dieu, si j'ose,
Les bras tendus aux cieux,
Pardon, si je t'expose
Mes vœux ambitieux !

Ah! dans ce pauvre monde
   Sauve mon sort :
D'une femme qui gronde,
   D'un chien qui mord.

4.

Que vient cet imbécile
Proclamer ton courroux?
Notre tâche est facile,
Français, nous avons tous
Deux palmes sur la terre
   A conquérir.
Voilà tout le mystère :
   Vivre et mourir!

FIN.

www.ingramcontent.com/pod-product-compliance
Ingram Content Group UK Ltd.
Pitfield, Milton Keynes, MK11 3LW, UK
UKHW021002220726
13924UKWH00002B/843